Konpè chat ak Konpè chen
Ala mizè dous

PUBLICATIONS
Published by CT Publications
375 NE 54 Street, Suite #8
Miami, FL 33137
2008

Vwala se te Konpè chat ki te chita
sou yon pyebwa nan savann nan.
Pandan l chita sou pye bwa a li wè
yon machann k ap vini.

Machann nan tapral nan mache
ak yon pànye ki chaje ak boutèy
siwo myèl sou tèt li. Machann
nan tap kalkile ki benefis li
tapral fè sou chak boutèy siwo
pou l wè konbe kòb li tap genyen
pou l bay pitit li yo manje.

Lè machann nan rive anba
pyebwa kote Konpè chat te
chita a, machann nan frape
pye l "bow" epi tout boutèy
siwo yo tonbe, yo kraze.

Machann nan mete de men
nan tèt li, li rele anmwe epi li di
"Papa Bondye gade yon mizè.
Mwen gen 3 pitit pou m bay
manje, se ak kòb siwo a mwen
tapral ba yo manje. Gade jan
m frape pye m epi m pèdi tout
siwo a. Ki sa m pral fè Papa
Bondye. Ala yon mizè mezanmi."

Madanm nan kontinye ap mache
epi l ap di "Ala yon mizè Papa
Bondye. Ala yon mizè..."

Kon madanm nan fin ale, chat la desann pyebwa a li kouri al goute sa k sot tonbe nan pànye madanm nan.

Lè chat la fin goute siwo myèl la li tonbe danse, li tonbe chante "Ala mizè dous. Ala mizè dous".

Chat la si tèlman kontan li danse, li chante. Li file lang li, li niche dwèt li. Li pa konn kote pou l met kò l si tèlman li kontan.

Lè chat la fin bwè tout siwo a vant li plen. L al monte kabann li, li dòmi. Nan demen chat la al dèyè siwo atè a, li pa jwenn. Chat la chita anba pyebwa a li ouvè de bra li, li di "Papa Bondye jan m konnen mizè dous, èske w pa ta voye yon ti moso mizè pou mwen?"

Bondye sezi. Li mande Konpè chat "Ou sèten se mizè ou vle?" Konpè chat reponn "Wi. Yè mwen goute mizè se pa de dous li dous." Papa Bondye di "Konpè chat, anpil moun toujou ap mande m kichòy men yo pa janm mande m mizè. Men si se sa ou vle toutbon, m ap ba wou li."

Papa Bondye di "Konpè chat, men sa w ap fè. Demen maten leve byen bonè. M ap kite yon sak byen mare pou wou. Li chaje ak mizè. W ap pran sak la w ap pote l sou do w. W ap mache jouk ou rive nan mitan yon gran savann kote k pa gen pyebwa menm. Lè ou rive nan mitan gran savann nan ou mèt ouvè sak la epi w a wè ki valè mizè mwen ba wou.

Vreman vre, Konpè chat leve granmmaten. Li pran sak li mete sou do l epi li pati. Konpè chat mache, li mache, li mache. Solèy la kòmanse cho nan tèt li. Sak la kòmanse lou sou do l. Li mache jouk li rive nan mitan gran savann nan. Konpè chat pa menm pran souf, li kouri ouvè sak la pou l ka goute mizè Bondye ba li a.

Lè Konpè chat fè sa li ouvè sak la, yon gwo chen soti nan sak la li vole sou Konpè chat. Kòm Konpè chat se bèt ki veyatif, li kouri wete kò l pou chen an pa mòde li. Menm moman an Konpè chat tonbe kouri. Li kouri, li kouri, li kouri jouk li pa kapab ankò. Men li pa ka kanpe paske Konpè chen la nan pwent ke l.

Lè Konpè chat wè li antrave, li rele Papa Bondye li di l "Papa Bondye fè pa m non, mwen te konprann mizè te dous. Mizè sa a pa dous menm. Tanpri sove lavi m. "

Lè Papa Bondye gade li wè Konpè chen prèske manje Konpè chat, li kouri fè yon ti pyebwa pouse nan savann nan. Konpè chat 'floup' li monte sou ti pyebwa a pou l poze. Pandan tan sa a Konpè chen la ap vole dèyè l men li pa ka rive sou li. Jouk chen an vin bouke epi l ale. Se sa ki sove lavi Konpè chat.

Depi lè sa a Konpè chat pa janm mande Bondye ti moso mizè ankò. Kou l wè Konpè chen li pran kouri.

Se kon sa yo ban m yon ti kout pye epi mwen vin tonbe la a pou m rakonte n istwa sa a.